PRISE

DE CONSTANTINE.

PRISE

DE

CONSTANTINE

PAR LES FRANÇAIS.

Par M. Bichy de Scorgiano.

PARIS,   MARSEILLE,
CHEZ HIVERT, LIBRAIRE,   CHEZ BARILE ET BOULOUCH,
Quai des Augustins.   Imprimeurs.

———

1837.

A

l'Armée Française.

Rêves, d'où venez-vous ? — Sublimes visions,
Vous enfantez des dieux, plus souvent des démons !
Seul dans sa tente Achmet s'interroge et s'enflamme
Comme un homme assistant au conseil de son ame.
Il rêve, que voit-il ? c'est un esprit cruel
Qui paraît devant lui, c'est l'ange d'Ismaël.

Le croissant sur son front, éclatant météore,

Jette de pâles feux qu'on craint et qu'on adore ;

La main sur le damas qui résonne à son flanc,

Il parle, et de sa barbe on voit couler du sang :

Achmet, Achmet, [1] dit-il, dans ma grande pensée

Je sondais les malheurs de l'Afrique oppressée,

Guide et dominateur des Beys, des nations

Je viens fixer sur toi l'éclat de mes rayons ;

Lève-toi maintenant, car ta tête enflammée

Est comme un Orient, ton sabre est une armée.

Douze mille chiaoux [2] sortis de nos vaisseaux

Paraîtront sur tes murs comme autant de créneaux ;

Les temps sont arrivés où ton bras sanguinaire

Va forger un beau sceptre au fourneau de la guerre.

Sur le front d'un héros tu mis le repentir....

Qui peut oser ? — Personne. — A toi donc l'avenir!

Du sang , Achmet , du sang ! voilà notre devise !

Oui ! le canon enfante et jamais ne s'épuise !

Le courage est seigneur , tout homme est souverain

Dès qu'il est bien servi par ses anges d'airain ,

Et quand on peut lancer des foudres pour oracles

On est auguste et saint , et l'on fait des miracles.

La guerre portera bientôt le nom d'Achmet

Lointain comme l'écho qui redit Mahomet ;

Il fut Monarque et Dieu dès que son cimeterre

Promena les éclairs sur l'onde et sur la terre.

Or, voilà le chemin qui mène à tant d'éclat :

Cœur farouche d'Iman , front et bras de soldat.

Mais les tribus , leur droit.... c'est un vain épisode ,

Le sabre est tout ; victoire ! on fait un nouveau code.

Le monde n'est qu'un drap au hasard étendu ,

Qui plus s'en enveloppe est plus riche en vertu.

Vîte ! à cheval, Achmet, brandis ton cimeterre ,

Un orage de sang doit fondre sur la terre :

Aux armes ! en avant ! partout du fer ! du feu !

Extermination ! tu dois agir en Dieu !

Non ! jamais de traités ! — Du plomb et de la poudre !

Ton éloquence à toi ? — La rage de la foudre !

Ce Paris maintenant de regrets consumé ,

Rongé par ses partis n'est qu'un cadavre armé.

La parole des Francs est une haleine impure,

Quand le Chrétien promet, il médite un parjure.

Ta foi , c'est ton damas ; ce tonnerre à la main

Tu marcheras partout en empereur romain.

Les Numides alors releveront la tête

Promenant ta grandeur de conquête en conquête ;

Et , jetant en avant la terreur d'un grand nom

Qui peut troubler le cours de la création ,

Tu seras Dieu qui tonne, inondé de mitraille,

Transfiguration sur le champ de bataille !

Le barbare, à ces mots, voyant tout s'aplanir,

De sang et de pays peuplait son avenir.

Il voulait.... mais l'esprit comme un fils de l'orage

Disparut en laissant les serpens de sa rage.

Tout en démence Achmet caresse sa valeur,

Il se nomme déjà l'ange exterminateur.

La lave des pensers qui roulent dans son ame

S'annonce sur son front par des sillons de flamme.

Que mon désir, dit-il, ne reste plus caché,

Car du souffle d'en haut mon esprit est touché.

Oh ! quels brillans tableaux ! des conquérans la foule

Avec ses bataillons dans mon ame se roule.

Oui ! la guerre ! la guerre ! Ah ! déjà, je le sens,

Le laurier des héros germe sous nos turbans.

Aux armes ! cette soif de sang me dit d'avance

Que c'est moi , c'est bien moi le rival de la France.

Les Marabouts , les Beys , les chefs et les soldats

Au Sultan de l'Afrique ouvriront les états.

Kabaïles, courage ! enfans de l'énergie ,

Tous les jours un combat, tous les jours une orgie !

Le Dieu qui m'envoya des très-hauts pavillons ,

De sa cuirasse d'or couvre vos bataillons ;

Allez ! le ciel bénit vos longues canardières ;

Allez ! hurlez vos chants , arborez vos bannières.

Est-ce donc toi, Paris, lac au million de flots

Où surnagent en char tous les Dieux infernaux ;

Est-ce toi qui prétends de tes drapeaux étranges

Profaner Constantine aux terribles phalanges ?

France, que me veux-tu? je marche le premier ,

Je mets mon pied vainqueur sur la nuque d'Alger.

L'Afrique est un coursier égaré dans la plaine ,

Je le monte , à son but c'est moi qui le ramène ;

Me voilà sur ses flancs , mes Arabes , marchons ;

S'il ose se cabrer , nous le renverserons ,

Mais les corps des Français, dans la chûte farouche,

Seront les fondemens de la sanglante couche.

Voilà la mission que nous réserve Allah !

Le Divan que dit-il? qu'en pensez-vous Issah. [3]

Je vois , reprit Issah, l'auguste capitaine,

Mais Dieu recule encor cette époque lointaine.

Vous provoquez la France! Ah ! seigneur, cet orgueil

Ce n'est qu'un fossoyeur qui vous creuse un cercueil.

Ce soldat empereur , histoire mémorable

Et révélation du Français indomptable ,

Soulevant de son fer le voile des destins

Il imposa la France au respect des humains ,

Quand sa toute-puissance , impératrice armée ,

De ses triomphateurs inonda l'Idumée ,

La belliqueuse Égypte abaissant sa fierté

Reconnut des Français l'auguste majesté.

Beys , sultans , czars et rois du couchant à l'aurore

Se prosternent devant le drapeau tricolore.

La France , Nil immense aux ondes de héros ;

Féconde les pays arrosés de ses flots ;

Mais si l'on méconnaît ses bienfaits.... elle tonne,

C'en est fait ! plus de beys, plus de rois, plus de trône!

Quand la France secoue en fureur ses cheveux ,

De boulets embrâsés pleut un déluge affreux ;

Qui peut lui résister ? Son fatal cimeterre

Par arrêt immortel est maître de la terre.

Malheur à qui s'oppose au belliqueux Français ,

Qui , malgré son instinct, nous accorde la paix !

Si son génie ardent vers l'Afrique s'élance ,

C'est pour nous enrichir des beaux arts de la France.

Unissez-vous , seigneur , à ce peuple de rois ,

Élevez vos regards au flambeau de ses lois ;

Il vient pour éclairer notre antique ignorance ;

Il est roi par le cœur , roi par l'intelligence ;

Et maintenant qu'il dit : soit la paix avec vous ,

Il agit comme Dieu pour le bonheur de tous.

Les Numides seront amis d'un peuple libre

Sans redouter l'affront des vieux siècles du Tibre ;

Le drapeau des Français , drapeau de liberté ,

Versera sa vertu sur l'arabe fierté.

Achmet , quelle pensée immense , sociale !

Suivons les sentimens que Paris nous étale.

Sortons , sortons , enfin , de notre isolement ,

Humanisons la foule et voilà le moment ;

Dans un bel avenir élançons notre Afrique.

Voilà mon vœu, seigneur, voilà ma politique.

A ces mots le barbare, au fond du cœur blessé,

Frémit, lance un regard de lion courroucé :

La mort ! la mort ! dit-il, jetant comme d'un gouffre

De sa bouche touffue une haleine de soufre :

Kabaïles, à vous, gardez ce renégat

Pour le dernier festin après le grand combat ;

C'est moi votre modèle et votre honneur suprême ;

Race d'adorateurs, n'adorez que moi-même.

Enfin, c'est le grand jour gloire de l'Éternel !

Élevons un amas de têtes jusqu'au ciel. . . .

Le clairon retentit ! C'est l'heure de la rage !

C'est notre heure, croyans !! Au milieu du carnage

Je fixerai mon œil sur l'œil brûlant des cieux,

Et les cieux s'uniront à vos coups, à vos feux :

Les voilà ces Français ! oui ! c'est là votre proie.

Aux armes ! aux remparts ! Mahomet les foudroye.

Oh ! quelle multitude immense ! à chaque instant

Sur le rempart grossit le sauvage torrent ,

Tandis qu'Achmet d'un bond gagne la plaine et guide

Les orageux enfans de l'indigence avide.

Quel délire à saisi vos chefs , vos marabouts ?

C'est le drapeau de France , Arabes , à genoux !

Le sanguinaire Achmet en sa démence extrême ,

Numides , il vous trompe , il se trompe lui-même ;

Mais tu n'écoutes pas , Arabe infortuné....

Les glaives sont tirés , le signal est donné.

Constantine frémit , les françaises cohortes ,

Formidables lions , rugissent à ses portes ;

Divinité tonnante assise sur ses chars ,

L'artillerie ardente approche des remparts ,

Le courroux du génie empereur des batailles
Commence à foudroyer les tours et les murailles,
Dans ses terribles mains l'épouvante mugit,
La bombe rebondit et le boulet rougit ;
Il bat en brèche, il tonne et par sa main experte
Les coups sont redoublés et la brèche est ouverte.
Du haut de leurs créneaux comme étranges dragons
Répondent irrités les Turcs et leurs canons,
Ils lancent sur nos rangs la fureur de leur ame,
Leurs entrailles de fer, de salpêtre et de flamme.
Plein de son haut devoir s'approche Damrémont [4]
De ce rempart fumant qui tonne sur son front ;
Il reconnaît la brèche, il observe, il ordonne....
Tout-à-coup des éclairs ont tracé sa couronne ;
Un boulet foudroyant, boulet prédestiné
L'atteint et sur le champ l'emporte moissonné.

Tombé comme Turenne, aîné de la vaillance,

Il vivra comme lui les siècles de la France.

Comme une lampe ardente, éclat inattendu !

Devant l'éternité son nom est suspendu ;

Et tandis que j'écris, son courage sublime

Sort vivant à jamais du marbre qui s'anime. [5]

Famille heureuse, enfans très heureux, votre nom

Jusqu'au jour glorieux n'était que Damrémont;

Mais ce boulet fécond, cette mort triomphale,

D'une vie éclatante invincible rivale

Attache sur vos fronts un rayon solennel ;

Vous êtes maintenant les fils d'un immortel.

Que vois-je ? Sous la main de Damrémont crispée

Par la mort sur ton bras, Rulhières, [6] ton épée

Frémit et dans l'instant sur le corps du héros

L'armée et la victoire ont mêlé leurs drapeaux.

Mais qui vient? qui se penche au milieu de l'orage

Sur te corps palpitant? Quel destin! au visage

Il est frappé lui-même ; il est blessé , soldats ,

En face de la mort il ne vous quitte pas.

Foudres , boulets , mitraille , impétueuse lave ,

Grondez, tonnez, frappez, mais Perrégaux[7] vous brave:

De livides éclairs sillonnent l'horizon ,

Toute la Numidie est l'écho du canon ;

Valée [8] enveloppé d'une épaisse fumée

Dévore les remparts de son ame enflammée ,

Le regard dédaigneux qu'il jette sur la mort

Annonce son grand cœur dans le suprême effort ;

Partout où nos canons se rangent, du Grand-Homme

Qui fut toute l'Europe , apparaît le fantôme ,

Il est près de Valée , applaudit aux apprêts

Et commande l'assaut de ses yeux satisfaits ;

A la brèche, on a dit ; soudain vers la muraille
Lamoricière [9] vole à travers la mitraille ;
Sourd au bruit des mousquets et des canons tonnans,
Il conduit ses lions de rage bondissans ,
Il s'élance à l'assaut ; la mort pleut sur sa tête ,
Devant lui s'amoncèle à grands flots la tempête ;
Il mourra, s'il le faut , mais là sur ce rempart
La France arborera l'invincible étendard ;
Hélas ! il est blessé ; mais son œil étincelle ,
Dans toute sa grandeur alors il se révèle
Et guide tout sanglant dans ces brûlans sentiers
Ses Zouaves sans peur , cœurs de vieux grenadiers.
Tout le désert est là , quelle farouche audace !
Quel Océan sauvage écrasant de sa masse !
Sérigny, Leblanc , Vieux et vous blessés , mourans,
Sur la brèche vous tous , vous appelez nos chants. [10]

Mais quel est ce héros ? Son chemin est la gloire ;

Son ame les soldats , son coup-d'œil la victoire ,

C'est Combe, '' comme un dieu sur la brèche debout,

Qui , tonnant de son fer , brise et renverse tout ;

On croit , en le voyant partout infatigable ,

Bonaparte incarné dans son bras redoutable ;

Son nom dans la mêlée à grands flots répandu

Comme l'hymne suprême enflamme la vertu ;

Affrontant tous les coups des hordes sanguinaires

Il nourrit sa valeur d'éclairs et de tonnerres ;

Mais la tempête enfin par deux plombs meurtriers

Le renverse ; que vois-je ? exemple des guerriers ,

Avare des instans , sans déposer son glaive ,

Expirant , il retient son souffle , se relève ,

Et, sanglant et brûlé, marche sur son trépas

Pour informer Nemours du danger des soldats.

Alors le fils du Roi , des braves à la tête ,

Un soupir sur l'ami , les yeux sur la tempête ,

« Hâtons-nous , grenadiers , et fixons le destin ,

« Constantine ou la mort.¹² » Il a dit , et soudain

Il s'élance en avant , il court , se précipite

Sous la grêle des plombs qui l'exalte et l'irrite ;

Le fanatisme affreux , le désespoir , la mort

Conjurés au rampart en défendent l'abord ,

Tout est feu devant lui , l'atmosphère est un gouffre

De flammes , de boulets , de mitraille et de soufre;

Rien ne peut l'arrêter , il brave tous les coups.

Triomphe ! grenadiers , le rempart est à vous.

Arabes , à genoux ! le front dans la poussière ,

La France a sur vos murs arboré sa bannière;

Mais le Turc acharné , le cimeterre en main

Aux vainqueurs pied à pied dispute le terrain.

L'intrépide Nemours , brise , renverse , passe

Comme l'ange de Dieu qui plaint ceux qu'il terrasse ;

Il ordonne, il disperse , il pénètre en avant

Et son bras sans repos est guide et mouvement.

La poussière , le sang , l'atmosphère étouffante ,

Le choc des escadrons et la charge bruyante

Sont ton festin, Nemours, oh ! quels brillans attraits !

Quel charme a le danger pour un cœur tout français !

Alors dans la mêlée ardente , impétueuse

De tous nos rangs ensemble une cascade affreuse

S'élance , rebondit , heurte , inonde partout ,

Maures , Numides , Turcs , qui restera debout ?

En avant , mourez tous , mourez , race insolente ,

C'est Trézel [13] qui vous presse en sa marche tonnante ,

Tremblez devant Trézel, la foudre est dans ses yeux,

Et pour venger la France il quitterait les cieux ;

Arrêtez, rendez-vous, phalanges mercenaires ;

Mais elles ont vendu leurs ames sanguinaires:

Kabaïles et Turcs pressés de toutes parts,

Fantômes déchirés tombent sur les remparts ;

Cependant la vengeance aux foudres redoublées

Lance son anathême aux maisons crénelées ; [14]

Tout succombe, périt, tout se brise en éclats

On ne voit que fureur, sang, carnage, trépas,

Le fer croise le fer et jette une harmonie

Qui mêle sa terreur aux cris de l'agonie.

Victoire ! ô vétérans, famille de vainqueurs,

Chantez, jeunes soldats, jeunes triomphateurs, [15]

Car vous avez reçu par la valeur suprême

Sous le feu des canons l'impérial baptême.

O France, orgue bruyant, le plomb, l'airain, l'acier

Sont les touches que Dieu posa sur ton clavier,

Ta gamme est l'univers, et ton chant, le tonnerre.

Garde à vous, garde à vous, Discordes de la terre,

Voilà la **Trinité** redoutable à jamais,

La Valeur, la Victoire et le Soldat Français.

NOTES.

NOTES.

1.

Les malheurs de la campagne du maréchal Clauzel en 1836, avaient exalté l'orgueil d'Achmet. Il se crut dès lors plus puissant que la France et voulut dicter des lois, au lieu d'accueillir avec reconnaissance des négociations entamées par l'autorité française.

2.

Milice turque.

3.

Les journaux ont souvent parlé d'Issah comme d'un homme très intelligent dans le divan de Constantine.

4.

Le 12 octobre, à 7 heures du matin, le général Damrémont se rendit près du rempart ennemi pour reconnaî-
tre la brèche et pour examiner si elle était praticable ;
tout-à-coup, atteint par un boulet, il tomba raide sur le
champ de braves en saisissant le bras du général Rulhières,
qui était à ses côtés.

5.

Le Roi a commandé, pour le musée de Versailles,
la statue en marbre du général Damrémont.

6.

Le général Rulhières commandait la 3me brigade de
l'armée expéditionnaire. Cette brigade soutint dans la
position de Coudiat-Aty plusieurs attaques acharnées des
Arabes.

Le général Rulhières se trouvait à côté du Gouverneur
au moment où un boulet vint couper en deux ce dernier,
qui en tombant saisit le bras du général.

Le général Rulhières vient d'être récompensé de son
dévouement, par le grade de lieutenant-général.

7

Le général Perrégaux, chef d'état-major général de
l'armée expéditionnaire, fut blessé au moment où il se
baissait sur le corps de son ami le général Damrémont.
Il reçut une balle qui se logea au sommet du nez dans
le crâne ; malgré cette grave blessure, qui pourtant ne
paraissait point mortelle, ce brave général resta à son
poste et contribua à faire activer les travaux du siége. Il
vient d'être enlevé à la France des suites de sa blessure.

8.

Après la mort du général Damrémont, le général Valée
prit le commandement de l'armée. Tout le monde sait
qu'il est aussi simple que brave, aussi estimé par la pro-
fondeur de son génie que par les ressources de son courage. Le Roi lui a envoyé le bâton de maréchal.

9.

Le lieutenant-colonel de Lamoricière, connu par sa
bravoure, fut chargé du commandement de la première
colonne d'assaut. Le 13, à sept heures du matin, le duc
de Nemours, commandant du siége, donna le signal :
« Colonel Lamoricière, quand vous voudrez. » Le brave
Lamoricière tire le sabre, et s'adressant à la colonne :

« *Vive le roi! Zouaves, à mon commandement, en avant
et au trot !* » Et il s'élance, à la tête de ces braves,
franchit la distance qui le sépare de la brèche et arrive
au sommet le premier; renversé par l'explosion d'une
mine il se relève blessé de dessous les décombres pour
retourner au combat.

M. Lamoricière a été promu au grade de colonel.

10.

Sérigny, Vieux et Leblanc ont les premiers mis le pied
sur la brèche; mais bien d'autres se sont signalés dans
cette brillante expédition. L'auteur se réserve de leur of-
frir son hommage dans une seconde édition.

11.

Le brave colonel Combe se jetta en avant d'une colonne, entra dans la ville, et, quoique frappé de deux
coups mortels, il trouva encore la force de revenir donner
au prince d'importans détails. On me saura gré de repro-
duire en abrégé sa noble vie :

Entré au service en 1802, dans le 25e régiment d'in-
fanterie de ligne, fourrier en 1803, sergent-major en
1804, Combe fut nommé en 1807 adjudant sous-officier.

Sa belle conduite à la bataille d'Iéna lui valut la décoration de la légion-d'honneur.

Sous-lieutenant en 1809, après la victoire de Wagram; lieutenant en 1811, il passa, un an plus tard, avec ce dernier grade dans la Jeune Garde.

En 1813, Combe fut nommé capitaine adjudant-major au 37ᵉ de ligne.

En 1814, il passa avec ce grade dans la Vieille Garde et suivit l'Empereur à l'île d'Elbe.

En mars 1815, Combe fut nommé commandant du 1ᵉʳ bataillon du 1ᵉʳ régiment des vieux grenadiers de la Garde, qui reçut le titre de *Bataillon Sacré*. C'est dans le carré de ce bataillon que Napoléon, enveloppé par une division d'ennemis, s'enferma quelques instans, à Waterloo; c'est de ce bataillon que sortirent ces paroles sublimes : *la garde meurt et ne se rend pas* ; paroles vainement démenties et qui passeront à la postérité avec le nom de Waterloo. Combe, après cette héroïque et fatale journée, ramena les débris de son bataillon sur la Loire, et fut bientôt obligé de s'en séparer pour dérober sa tête au sort de Labédoyère et de Ney. Il erra deux ans en Suisse et en Italie, revint en France en 1818, et s'embarqua en 1822 pour les Etats-Unis, où sa femme avait des propriétés.

En août 1830, la nouvelle de la Révolution de Juillet réveilla, par delà l'Atlantique, le vieux guerrier de Napoléon, qui s'empressa de rapporter son épée au service de la France. Il reprit son grade (lieutenant-colonel) dans le 24ᵉ de ligne.

En décembre 1831, il passa colonel du 66ᵉ régiment, à la tête duquel il escorta l'expédition d'Ancône en février 1832.

Rappelé d'Italie au mois d'avril, il fut envoyé à Alger pour y commander la légion étrangère. Six mois plus tard, il revint en France et fut nommé colonel du 47ᵉ de ligne, qui passa bientôt après en Afrique. Combe, à la tête de son régiment et avec le titre de commandant de la 4ᵉ brigade, soutint glorieusement l'arrière-garde dans l'expédition de Mascara.

Enfin, il fut appelé à prendre part à la dernière expédition de Constantine, et nommé commandant de la 4ᵉ brigade. Son dernier jour était marqué : il fut frappé de deux coups de feu sur la brèche.

Laissons ici parler le rapport du général Valée : «.... Je » dois un juste tribut d'éloges à la mémoire du brave co- » lonel Combe, blessé mortellement pendant l'assaut, » son calme et sa résignation seront toujours présens à » la mémoire de ceux qui l'ont vu descendre de la brèche, » frappé d'un coup mortel et qui l'ont entendu nous » dire : —Ceux qui ne sont pas blessés mortellement pour- » ront se réjouir d'un aussi beau succès ; pour moi, je » suis heureux d'avoir pu faire encore quelque chose » pour le Roi et pour la France.—Quelques heures après » il avait cessé d'exister !....»

12.

Voici les paroles mêmes que M. le duc de Nemours prononça dans cet instant solennel : « Soldats , pour « l'honneur de la France, il faut prendre Constantine ou mourir sous ses remparts. » Il n'y a qu'une voix parmi tous les compagnons d'armes du jeune prince pour exalter son courage, son sang-froid, son humanité. Heureux le prince qui, comme le duc de Nemours, a mérité que l'éloge le plus enthousiaste ne paraisse point une flatterie.

13.

Le général Trézel a pris une part importante à toutes les expéditions d'Afrique depuis sept ans.

Il commandait la 2e brigade qui s'est montrée digne de sa belle réputation.

Le Roi vient de lui conférer le grade de lieutenant-général.

14.

Le rempart était pris , mais la ville se défendait encore ; il fallut prendre chaque maison à l'assaut , et le carnage fut horrible.

15.

Le quart de l'armée en était à ses premières armes. Tous les rapports sont unanimes pour attester que ces *conscrits* se sont comportés de manière à faire envie aux *vieilles moustaches*. Les prodiges de courage et de fermeté sont des vertus héréditaires chez les Français.

Marseille. — Impr. et Lith. JULES BARILE et BOULOUCH, place Royale, 4.